愛美と葉子

月玖水紀

Manami to Yoko – Mizuki Tsukihisa

文芸社

主な登場人物

愛美――母、河合美佐子
　　　父、　一平
　　　弟、　康介
　　　夫、池田智之

葉子――母、堤　順子
　　　父、　洋二
　　　妹、　啓子
　　　弟、　裕太
　　　夫、青木大介

昨日からの、久しぶりの雨だった。木々の葉が、さわさわと鳴る。ざあざあと降る雨は、胸の中が洗い流されて、すかっとする。外をながめていても、気持ちのいい日曜日。

雨の中、堤葉子《つつみようこ》はぶらりと市駅の商店街へと出かけた。

「あ、いた。愛美ちゃーん」

「葉子ちゃん」

河合愛美《かわいまなみ》はパンを受け取ると、小銭を数えて店員に渡した。銀行が休みのため、休日の朝の買物は、できるだけおつりがないように心がけている。葉子は長いストレートの髪を少し手にとり、毛先を見ていた。

「あ、そう、そう。愛美ちゃん、『ジェイン・エア』読んだ」

「ん、読んだ」

「どこが、よかった」

「遠く離れていても、心と心が通《つう》じ合って、『ロチェスタ様』『ジェイン』と呼び合うところが、劇的でよかった」

と愛美。

葉子は顔を輝かせて、

「私も、『ロチェスタ様』『ジェイン』と呼び合うところがよかった」

角の本屋で美しい詩を見つけた愛美は、両手を重ね、視線は低いベンチに注ぎ、透きとおった声で語った。

おとめらは
美しい花園の中で遊ぶことができる。
金色の柵《さく》がまわりにある。
男の子らは
うらやましそうに
柵のふちに立ってぬすみ見し
あの中に入れたら、と考える。
この美しい花園の中は
清く明るい　光にあふれ
そこに　いる人はみな、心、楽しげだ。
ぼくたち、男の子らは

待たなければならない。
大きくなり、若い紳士になるまで
中に入ることはできない。

（少年の五月の歌／ヘッセ・新潮社）

愛美と葉子は、じっと顔を見合わせていたが、肩をすくめ、くすくすと笑った。葉子は今から美容院へ。枝毛を切って、揃えるという。帰ったら、日報を書かなくてはならない。遅くなりそうだから、家に持って帰った。
「愛美ちゃん、中学の時からずっとショートカットね、ひとつも変わってない――」
「洗いっぱなしですむから、楽でいいわ」

愛美の仕事は週四日。六時間。葉子は一日勤務で、仕事も大変だ。

「しっかり、貯めさせていただきまーす」

と葉子。

「私はむだ遣いをしないように、大事にお金を遣うように心がけまーす」

と愛美。

「ふ、ふ、ふ」

二人は顔を見合わせ笑った。

「また、電話するわ」

「また、する、する」

「じゃー」

葉子はまっすぐに、愛美は左へ曲り、手を振った。

家に帰ると、母の美佐子が待ちかまえていたように、

「愛美ちゃん、お昼、カレーにしない。愛美ちゃん、カレー上手に作るから、まかせたわよ、お願い」

愛美ちゃんと言う時は、くせものである。ちゃっかり用事を頼む時である。いつもは「ま、な、み」である。
○カレーのポイントはバターで野菜をいためる（バターでいためると、コクが出て、栄養満点）。
○ルーは、いろいろなルーを混ぜた方がおいしい。家庭では二種類くらいしか使えないだろう。
○コトコトと、小さな火で煮つめる。
○つけ合わせは酢のもの。キュウリは薄く切り、ボールに少し水を入れて、

しんなりするまでもむ（キュウリもみという）。
○タコは適当に切る（ちりめんじゃこでもいい）。
○合わせ酢は、酢十に対してみりん六〜七、砂糖は好みの分量、しょうゆは香りづけ程度。
○カツ用の豚肉は、塩・こしょうをして、①小麦粉②とき卵（よくといておく）③パン粉の順につけて、熱した油に入れる。
「夜はカツカレーね。お父ちゃんの一杯のあてに、お造り買ってきてね。あとは——、厚あげと小松菜を煮つけましょうか」

「夜も、どうせ私が作るんでしょ、ちゃっかりしてるんだから。また、出かけるのでしょ」

「愛のムチだよ。家事のできない奥さんは、値打ちがないからね。愛美を良妻賢母の、いい奥さんにするためだよ」

「なーんとか言っちゃって」

と、愛美は苦笑した。


葉子は美容院を出て、家路へと急いだ。いつも何かに追っかけられ、せかせかと毎日が過ぎてゆく……。葉子はてっとり早く、手抜きパスタを作ることにした。

○お湯の中にスパゲッティのめんを入れ、ゆがく。
○めんがゆで上がったらざるに取り、バターを何枚か薄く切る。
○めんの熱いうちにざるに入っているめんとバターをパンパンパンと放り投げて、バターとめんをなじます。

○かんづめのルーをぬくめて、それをめんにかける。
食ったとばかりにひっくり返って、天井を見ていると、小学三年生の弟、裕太がそろり、そろり、とやって来て葉子の顔の上に、いきなりプッーとおならを吹きかけるやいなや、さっと逃げ出した。葉子も負けずに、「待てー」と追いかけてゆく。

「うわー、バトル」

どこに隠れたのか、逃げ足が速い。

「あー、さてと、日報書くか」

と、葉子は髪の毛をたばねた。

「うん。裕太の気配」

今度は髪の毛をひっぱるつもりだな。晴れた日は、外で遊びに興じている裕太だが、雨の日曜日は、さすがに身をもてあましているようだ。勤務先で、食堂事務の仕事をしている葉子は、調整額の出し方を苦労して覚えたが、自分が辞める時は、後任に教えなければならない。

「あー、しんど」

先のことなど、考えるまい。


大阪方面行きの、朝の電車のラッシュは殺人的である。前に立っている女性の髪がペタッと顔につくと、目的地までそのままである。払いのけるために手を動かすそのすきまさえないのである。バッグは、周囲の人垣にはさまったまま、固定されている。スカートがドアにはさまると、次の駅までそのままである。かろうじて、足を置けるくらいだ。電車が駅に着き、乗客が降りてくると、人の川が流れるように、せかせかとビルの中に消えてゆく。

夕暮れになり、人の足並みも落ちつくころ、宵闇《よいやみ》の中に赤い灯、青い灯がともり、淀屋橋の景色は優雅に変身する。葉子は久しぶりに定時で終え、各駅停車で、座って帰ることにした。子どもがものめずらしげに外を見るかのように、久々の車窓《しゃそう》からの風景に、見入ってしまう。ほとんど屋根しか見えないのだが、すがすがしいものだった。

夕陽が真っ赤に燃え、金色の光を放ち、今、ビルの谷間に隠れようとしている。いつしか年をとった時、夫婦で、二人で、毎日この夕陽を見ていたい。二十三歳の葉子が、こういう落ちついた安らぎを夢見るのは、心身ともに疲れぎみなのであろう。

「ただいま」

「お帰り、今日は早かったね。久々、皆で夕飯を食べられるね」

母の順子はエプロンで手を、ふきふき、玄関まで出て来た。順子は一日四時間、パートで働いている。夫や子どもたちが帰った時には、「おかえりなさい」と言ってやりたいと、がんとして四時間の勤務体制を崩さない。

「お母さん、厚焼き卵、おいしい。何か、隠し味入れた?」

「卵と砂糖と塩少し。あともう一種類、卵と砂糖としょうゆ少し。砂糖だけでは、もひとつ物足りないから、塩味としょうゆ味と、二とおりしてみたんだよ。毎日しているうちに、アイデアが浮かんでくるものなんだよ」

妹の啓子が言う。

「お父さん、こんなお母さんを好きになって、結婚したんでしょ」

父は少し遠くに目をやり、

「お母さんは、肩まである髪をくるっと内巻にした、かわいい感じの普通の女の子だったよ。この娘《こ》は家庭に入ったらいい奥さんになるだろうなと、直感したよ。お父さんが結婚しようと言うと、すぐに『よろしくお願いします』と答が返ってきた。すべて、スムーズにハッピーだったよな、母さん」

「お父さんは、お母さんのかねてからのあこがれの人だったのよー」

「お父さんとお母さん、社内結婚だったわね、いいなー」

と、葉子。葉子は食堂に昼食をとりに来る男性社員の、ひとりひとりの顔を思い浮かべてみるが、そんな対象は見つからない。

「ああー」

と、ためいきが洩《も》れた。

「葉子の職場は忙しく殺気だっているから。なりふりかまわず、その上、つい言葉数も少なく、言葉も荒くなっているのを見ているからだよ」

と父はやさしく言った。そういえば葉子が手伝いに現場へ入る時は、いつも忙しい時ばかりである。ピークを過ぎるとこちょ、こちょと、何か、つまみながら雑談をしたり、笑ったりしているのをよく見かける。主任が事務所に入るのは、いつも四時を過ぎている。

「明日、休みとろーっと」

葉子は、週のうち、日曜日と、あと一日は仕事の都合で、自由に休みがとれるのである。ただし、毎日の日報は、十日ごと〆切だ。

翌日、葉子は愛美に電話をかけた。

「愛美ちゃん、いてた。今日、私、休み」

「今、テレビ見てたの。小泉首相出てるわよ、ＮＨＫ」

「国会中継か」

街では高級品を身につけている人は、あまり見かけないが、皆、手頃な価格のものを身につけている。

「愛美ちゃん、今度の日曜、成田山のところのカツサンドのおっちゃんの店、行かない。久しぶりにカツサンド食べようか」

「うん、行こう、カツサンドは一人前でいいわね、二人で、ちょうどよね」


日曜日、太陽が二人の真上に位置している昼、愛美と葉子は成田山への坂道を自転車で……。

葉子の長いさらさらとした髪は、風にさらさらと流され、愛美は、楽しい夢でも見ているかのように走ります。二人は「オイッチニ、オイッチニ」と、自

転車をこぎますが、坂道にさしかかったところで、

「もう、ギブアップ」

「私も」

と、自転車を降りた。帰りは、成田山に参拝して帰るつもりだ。

「何、祈る、三つくらいお祈りすることがあるわ」

「私も三つくらい」

「四つにしても、いいんじゃない」

「もうひとつは？」

「世界が平和でありますようにって」

「そうね、最後にひと言、つけ加えて祈りましょうか」

喫茶店の扉を押すと、きれいに掃除が行き届いた室内に、垢《あか》ぬけしたように

見えるおっちゃんが目を細めて、しきりにミックスサンドをすすめる。カツサンドのおっちゃんの店では、奥の隅が二人の指定席である。

大きなお皿にダイナミックに切ってあるトマト、レタス、ハム、甘くて、ふんわりとした卵焼きのミックスサンドが並んでいる。二人一皿で、充分である。

「おっちゃん、きれいに掃除してあるね。ピカピカやね」

「運動です。身体を動かしてまんねん」

おっちゃんの垢ぬけしたわけは、毎日朝風呂に入ったあと、成田山に参拝しているからという。

「中学三年生の時の、同じクラスの牧野さん、東京へ行ったんだって」

「そうよ。彼女は、東京の似合う人だったわね。葉子ちゃんも、どちらかといえば、東京の感じね」

「私は、大阪生まれの大阪育ちよ。でも、銀座行ってみたいわ。東京タワーに上って、広い世界を見てみたいわ、皇居も見てみたいわ。外国へは行ってみたいとは、あまり思わないのよね。日本の国で行ってみたいところが、たくさんあるのよ。まず、日本の国からね」

「今、海外なんて物騒で、とんでもないわ」

と、愛美が眉をひそめる。

「康介ったら、試験中、早く帰って来るでしょ。そしたら、小早川君と崖に登って遊んでいたところを、見まわりに来ている生活指導の先生に見つかって、先生は『気をつけろよ』と言わはっただけだって。また次の日も、小早川君と崖に登っているところを、見つかっているのよ。担任の先生から、『試験中、崖に登っているの、野口先生に見つかったでしょ。先生、何もおっしゃらなかったでしょ。また、次の日も崖《がけ》に登って』って注意されたそうよ」

「確かに、元気がいいのと、ごんたなのと、悪いのは違うわね。日本語の使い方って、むずかしいわね。でも、それだけに情緒があるのよね」

「近所にね、いつもヒステリックに『勇!』って言って、自分の息子をおこってばかりいるおばさんがいるのよ。ある日、勇君が学校から帰って、おばさんがいなかったら、勇君、『お母さん、お母さん、お母さんのバカー』って言って、泣きじゃくっているのよ。おこられても、おこられても、お母さんがいいのよね」

「康介は、お母さんが働いているから、保育所育ちの学童保育育ちでしょ。お母さんが康介に、『お母さんが家にいてあげられていたら、よかったのにねー』と、いつになく、おセンチになって言うのよ。そしたら康介はね、『おかんが家においても、おれ、カバン玄関に放り投げて、遊びに行っとった。おかんは、働いていてもらった方がいい』ですって」

「愛美ちゃんのお父さん、お母さんが働いていて、何も不服言わなかった？」

「五時からパートの人が来はるから、お父さんも、お母さんが働いていた方がいいみたいよ」

愛美も葉子も、両親の羽根の下で、すくすく育った実感が、ひしひしとわいてきた。

「私たち、お年ごろなのに、相変らず愛想《あいそ》のない話ね。愛美ちゃんは接客だし、直接話しすることができるでしょ。いい人、見つからない？」

「男のお客さんって、夕方から夜にかけてが多いでしょ、あんまり接しない」

「いろんな男性がいるじゃない。自分が好きだったら、相手も好きだと思いこむ人、いやなの、あんなの。あれ、どういう心理かしら」

「やっぱり、うぬぼれた人じゃない」

「いやー、自分を見失っているのよ、あれ、きっと」

「好きな人のそばにいれば、会話がなくても、だまってそばにいるだけで、楽しくて幸せな気分になる」

「愛美ちゃん、ひょっとして、あなた」

「ううん、かつてそういう経験があったのよ。ずっと年上の青年……とでも言っとこうか」

「お父さんのいない女の子は、お父さんのようなムードのある人、お母さんのいない男の子は、お母さんの香りが漂っている人を、好きになるケースが多いらしいわ。結局父を求め、母を求めているのね」

「うちの食堂にね、昼は他で働いて、夜、バイトに来ている女の子がいるの。三百万円、貯めているんだって。服やバッグはお姉さんのをぶんどってつけているんだって。家で出費があって、お金が足りないって、親御さんたちが話していても、ふうーんと言って、知らん顔してるんだって。それが色の白い、スラッとした、丸顔のかわいい子なの」

「うちのスーパーで働いている人が、元職場で一緒だった女の子なんだけど、お化粧もしないし、髪も三つ編み。美容院もめったに行かないんじゃない。スカートは冬でも夏物着て、百万円貯めていたんだって。昔の百万円は大きいわよ。でも好きな人ができたとたん、お化粧して、そこそこの服着て、髪の毛切って、パーマをかけたんだって」

「そこまで徹していたら、ご立派よ」

「ほんと、お見事よね。でも生きていく上において、何事もバランスがとれている方が、危なっかしくないと思わない」

と愛美。

葉子は毎朝、前の日の売上げ伝票と現金を照らし合わせて、銀行へ持って行く。現金が一円でも伝票と違っていたら、すぐに銀行から電話がかかってくる。電話がない日より、かかってくる日の方が多い。うどん類、ジュース、パンなども売っているので、小銭が多い。時間がなく仕事に追われている中での、朝のひと仕事である。葉子は銀行の人に気を遣って、個人の定期預金も作った。

美佐子は、最近疲れを感じるようになってきた。足も痛いし……太り気味だし……手鏡に自分の顔を映してみた。日ごろの手入れで、小じわはないものの、顔全体に年輪を感じるものがある。美佐子も、これからは下り坂だ。今を維持していくことだ。そして、健康で美しくありたい。これからは健康であることが、一番美しいことだと美佐子は思った。

まず栄養のバランスを取ること。さっそく近々、保健所に栄養表をもらいに行くことにした。それから、ぼけ防止は……ぼけ防止には、手先を使うこと。折り紙などがいいらしいが、時間がない。身近なところで、何かないかと思案した。

洗濯物をたたむ。毎日しているので、これはクリア。足や身体の新陳代謝をよくするためには、クイックマッサージと全身マッサージを月一回、これもクリア。足の運動には、毎日通勤で二十分歩く、これもクリア。こうしたことを、健康手帳に記録していくことにした。

一平は多忙な日々を送っている中で、いつまでも健康であろうと前向きに努力している美佐子が、いとおしかった。


葉子は、朝とても気分のいい寝覚めだった。何だか、胸がほかほかするような、温かいものを感じた。昼、食堂のカウンターの手伝いをしたあと、いつもぶらっと外の空気を吸いに出る。

太陽ビルディングに入っている、おもちゃメーカーの品物を扱っている商事会社勤務の青木大介。いつもきれいな声で、てきぱきと真剣に仕事に取り組んでいるそんな葉子に惹かれていた。毎日エレベーターの前で葉子が通りかかるのを待っているが、声をかける勇気が、今ひとつなかった。

この日、「今日こそ」と左手こぶしをにぎりしめながら、葉子を待っていた。

「今日の天ぷらうどん、おいしかったですね」

「あれは、いつも主任が揚げている特製の天ぷらなの。未だ、私の口には入っていないの。そんなに、おいしい？」

「今度、食事に行きませんか、中華、どうですか、おいしい店、知っているんだ」

と大介は、思い切って葉子を誘ってみた。

葉子は改めて大介の顔を見た。まだ少し幼さが残る、ふっくらした顔。中肉中背の、ごく普通のサラリーマンだ。

翌日、夜の勤務者たちが「おはようございまーす」と出勤すると、入れ替わりに、葉子は事務所を出た。青木大介は、何時間も待ったかのような顔つきで待っていた。葉子は、横断歩道を足早にかけぬけた。大介は葉子のかけて来るのを見つけた時、喜びが胸いっぱいにわきあがってきた。

「待った」

「今日は土曜で昼までだから、三番街で、時間をつぶしたんだ。まるで、雅子様みたいなコートだね」

「うん、身体をすっぽり包むコートがほしかったの。これ、よそいきなの」

高い空に星座がくっきりと咲いている冬の夜は美しい。星空の下を二人は梅田新道を通り、遠回りをしてお初天神へと向かった。

目的の店、『娘娘』の扉を開けると、明るい店内の照明の下に、いくつかの丸いテーブルが置かれて、白いテーブルクロスが清潔感を漂わせている。大介は奥の端に座った。

「ここが、いいんだろ」

従業員の昼食時、葉子はいつもテーブルの端に座っている。

「よくわかったわね」

「いつも、食堂の人が昼めし食っているところを見てるのさ」

「それ、何見てるの」

「わかってるくせに、言わせる」

二人は顔を見合わせて笑った。

黒のズボン、白の上着、蝶ネクタイのウエーターが持ってきたメニューに、葉子はひととおり目を通した。ふかひれスープもある。葉子はごくりと唾をのんだが、結局食べ慣れている酢豚と野菜スープにした。

「ここの酢豚は、肉のかたまりばかりでできてるんだ。食べごたえあるよ」

すそがひざ上まで開いたチャイナドレスの制服を着たウエートレスが、大きめの銀盆に料理をのせて、静かに静かに、ひとつずつテーブルの上に置いた。

二人は時がたつのも忘れたかのように、語り続けた。

「今度、京都へ行こうか。秋の京都はきれいだろうなー」

「ひとつだけお聞きしたいの、誰かつき合っている人いるの?」

「いや……いない」

「私、略奪はいやなの」

「今に葉子ちゃんも、そういきらなくなるさ」

大介と葉子は、再会を約束して、地下鉄に乗った。


真っ青な高い空の下に、ふわふわと、白い雲が浮かんでいる。十一月の日曜日、木々は色づき、紅葉が始まった嵐山の美しさに、大介と葉子は瞳《め》を奪われた。天龍寺のきれいにはき清められた美しい庭園の池に、もみじが映り、そのあまりの優雅さは、葉子の心を魅了した。葉子は大介の腕に、するっと手を入れてみた。大介はにこっと笑い、二人は腕を組んだ。

学生時代によく訪れた京都に来て、話に花が咲き、結局京都は湯どうふがおいしいという結論に到って、京都名物の湯どうふを食べることにした。

紅葉が映える季節、人通りが多く、店の中は暖かかった。湯どうふの湯気は、向かい合っている大介と葉子の間を、かすかにさえぎった。二人水いらずで食べる嵐山の豊かな地下水で作られたとうふは柔らかく、ことのほかおいしい。身体が温まり、葉子はほんのりと、頬に赤みがさしてきた。

夕映えが美しい暮れ時、二人の愛が確かなものとなってゆくのを感じていた。

一方、愛美は冬のジャケットを買いに、商店街へと買物に出かけた。どこの店にも思うようなものがなく、何軒かまわった。やっぱりデパートでなくてはだめか……あきらめかけた時、煌々と明るい光を放っている店があった。その光に引かれるかのように、すっーと店の中に入った。何かの気配にふとふり返ると、店員の浜田《はまだ》譲二《じょうじ》が人なつっこい顔で、満面に笑みをたたえていた。

「ジャケットっすか、あなたの?」

「私の明るめの色の、ジャケットがほしいの」

二人は、「これでもない」「こっちがいい」と、四十分ばかりまるで楽しむかのように……意気投合して、結局選んだのは、マネキンの服をぬがせて、試着したオレンジ系のやや若っぽいジャケットで、ふっくらした色白の愛美によく似合った。

「クリスマスの日、このジャケットを着て、御堂筋を歩いてミナミへ遊びに行きませんか?」

愛美は、はっと我に返った。思いがけないデートの誘い、それも初めての経験だった。譲二は、長めの栗毛色の髪の毛を左手でかきあげながら、

「大利橋のたもとで、クリスマスの日、六時に待っている」

と、自分の視線を愛美の目に注いだ。

「うん、わかった、それじゃ六時」

と、愛美はジャケットの包みを持つと、小走りに商店街をかけぬけた。

愛美の父、一平は改札を通り抜け、階段をぽつりぽつりと、一段ずつ下りた。

バスは次から次へと発車するが、バス乗り場は仕事帰りの人たちで、人、人、人の行列だった。急ぐ旅ではない一平だが、気持ちは家路へと飛んでいた。

ようやく乗ったバスの一番後ろに座っていた一平は、はっとした。年のころは三十歳前後、紺のスーツにローヒール、勤め帰りらしく、少し疲れを感じさせる、きりっとした女性だった。

彼女は、成田山のひとつ手前の末広町で降りた。このあたりの人ならば、一戸建ての共働きの奥さんだろうと一平は推測した。あんなに美しい人に会ったのは初めてだ。この出会いは、私、ひとりの胸に大事にしまっておこうと思った。また会えるかもしれないと、期待に胸をふくらます一平であった。

休日、一平は香里園行きのバスに乗った。末広町のあたりから、めぐりあいの予感に胸を躍らせていた時、バスの窓越しに目に入った光景は、かの美しい女性の後になり、先になり、元気のいい、かわいい男の子にやさしく微笑みながら、細いアスファルトの道を歩いて来る、美しい母の姿であった。

「もう、これでいい、最高だ」

一平は、これ以上の情景は望まなかった。バスの車窓から、うっとりとした目つきで、遠い空のかなたを見つめていた。

葉子は、電車の中で赤い自転車を四分の一くらいに折りたたんで持っている軽装の外人さんを見かけた。「自転車を折りたたんで、電車に乗るなんていいなあ」と思い、赤い自転車を興味深げに見入っていた。外人さんは、自転車に見とれている葉子に微笑みかけて、何か話したげであったが、葉子は瞬間、目をそらした。十万円くらいの高級で高性能の自転車が、今よく売れているらしい。もちろん、折りたたみ式のスポーツタイプである。業界では世界的なブランド製品として、今後、輸出に力を入れていくそうだ。

不況が長びく今の日本を助けるには、輸出を伸ばすことだと思った。高級で高性能の自転車を輸出するのも、一案だと葉子は思う。めざす相手国は、オランダ、ドイツあたりか。葉子は、軽い足どりで家路へと向った。

帰宅すると、順子は丸い皿のようなざるに、蒸したさつまいもを並べていた。さつまいもはビタミンCをたくさん含んでいるから、毎日、ひとつ二つ食べると身体にいいらしい。最近、順子は歯ぐきがやせてきたのが気になっていた。丈夫な歯ぐきをつくるには、ビタミンCがいいと学んできたらしい。イチゴ、レモン、ピーマン、ホウレン草、さつまいも、じゃがいもなどに、ビタミンCが多く含まれている。

久々にゆっくり入るお風呂に、葉子は幸せを感じた。湯気の向こうに、ちらちらと、大介の顔が浮かんだ。肩からすっーと手の先までお湯を浴びながら、自分の肌をなでてみた。

肌がくすまないうちに、お尻がたれないうちに……結婚を真剣に考え始めた今日このごろである。裕太がいて、よかった。私は安心して、結婚できる。いつまでたっても、ごんたの裕太だが、今の葉子には裕太がたのもしく思えた。

美佐子は、愛美が読んでいる一冊の詩集を手に取って開いてみると、きれいな写真の中に詩はあった。「銀色夏生、風変わりなペンネームだな」と思いながらも、きれいな、やさしい文章に吸い込まれるように、ページをめくった。はっとする、詩文があった。

美佐子は一瞬、頭がくらくらとした。銀色夏生、まさか、結婚する前につき合っていた山田さんではないだろうか。あまりにも、昔の私たちの恋に似ている。かみしめるように、美佐子は先を急いだ。一ページ、二ページ、三、四、五ページまで。

美佐子は混乱した。さらに先を急いだ。二十ページを過ぎると、「やっと、よくあることなんだわ」と呆然とした。すばらしい詩集だったと、美佐子は久しぶりに心に栄養を与えたような、充実感に満たされた。

窓のガラスは、バケツの水にちょっと洗剤を入れて、濡れた雑巾《ぞうきん》で拭き、その手で乾いたタオルの雑巾で拭くと、ピカッと光る。愛美のおはこである。いらなくなった衣類やシーツなどを切って、使い捨てダスターを作り、汚れのひどいところを拭くのも、愛美のおはこである。

愛美は、銀行へカレンダーをもらいに行った帰り道、譲二が愛車で通りかかった。愛美を見つけるやいなや、

「クリスマスの日、来んかったなー。寒いところで、一時間待った」

「うん」

と、愛美はうつむいて、うなずいた。

「めし、食いに行こう」

と、譲二はドアを開けた。愛美がためらっていると、譲二は車から降り、こわばっている愛美の肩を抱き、車へ乗せた。譲二は、第一の関門を突破した。

車を空地に止めて、愛美の手を引っぱり、小走りで店へ入った。

ピーク時を過ぎているので、客は誰もいなかった。おかずをガラス張りの戸

棚から二つ三つ出し、愛美の前に置いた。豚肉ともやしの入ったみそ汁が身体を温め、愛美の気持ちをほぐした。

「今度、えべすさんへお参りに行こう。今度は、すっぽかすなよ。服がこう売れんかったら、まいってしまうよ。神だのみだ」

と、譲二。

愛美は、たくあんをかむポリ、ポリという音が、恥ずかしかった。


平成十四年の大晦日、十一時四十五分、テレビの画面の中で除夜の鐘が鳴り始めた。二〇〇二年が終わろうとしている。

康介が時々見せる勉強に対する前向きな姿勢が、家族を明るくさせた一年であった。新しい年を迎えるために、気が急いて、年末をあわただしく過ごしてきた。家族は初風呂を浴びてひと寝入りし、輝く二〇〇三年の日の出を迎えることにした。

年も明けて、葉子はピンクの新しい手帳がうれしかった。去年の手帳をパラパラとめくり、ぎっしりと詰まっていた過度のスケジュールを目にすると、改めて疲れを感じた。初詣では大介と一緒にと、胸をときめかせていたが、二人の日程が合わなかった。葉子は、二日から仕事である。元旦から出勤している者もいる。結局初詣では、またの休日に行くことにして、葉子は寝正月である。

父、洋二と母、順子、妹、啓子は、成田山へ初詣でに出かけた。ひんやりとする風は、身を引きしめた。

「結婚してから二十五年間、私たちは大きな波風も立たず、平凡に暮してきましたね」

と、順子。

「お母さんが、温かい家庭作りに努めてくれたからだよ」

と、洋二が応える。

「お父さんとお母さんが、愛し合っているからよ。私、大学に行きたいし、お姉ちゃんは恋をしているようだし、裕太も大きくなってくるし」

と、啓子が話す。


河合家では、暖かい部屋で家族がこたつに入り、アイスクリームを食べていた。父、一平は、お重に入ったおせちをつつきながら、ちびりちびりと酒を飲み、一年間の疲れをとっている。

「愛美ちゃんが手伝ってくれるから、お母さん、とても助かってるわ」

「お母さんは、若いころはばりばりやっていたように覚えているけど、最近、自分のことで精一杯って感じね」

若いころと違って、老いを感じさせないように、手入れに時間をかける美佐子である。老いを感じる年齢でもない。まだ四十歳半ばである。街では、お年寄りをよく見かけるが、皆さん、小ぎれいにされている。

「私はまだ娘やわ」

「私も青年だ」

と、勝手な冗談を言い合って、機嫌のいい父と母である。愛美も学校を卒業して四年あまり、年賀状の枚数も減りがちである。

やがて、春が訪れてきました。市駅の大輪のバラの花は、まるで愛美と葉子に語りかけるかのように、いきいきと咲きほこっている。愛美と葉子は半年前に会った時の小娘から大人の気配が、顔、目、そして身体つきにまでにじみ出ていた。

二人は喫茶店の明るい窓辺の席に座った。同じ時期に恋をし、同じように何かを求めている二人だった。愛美と葉子の口からは、譲二と大介について、のろけとも愚痴とも言えない言葉が、堰を切ったように噴き出した。

「契った?」

「うん」

愛美は、キスとは、唇で下唇に触れるソフトなものを望んでいた。にもかかわらず、譲二の舌と愛美の舌は、からみあい、もつれあう……。期待はずれな恋のためいき、初めてのキスであった。

「よかった?」

「う、ううん」

「最初のころは、そうなんだって」

と、葉子。

それ以来、気持ちの上では愛美は譲二と、葉子は大介と、離れられなくなっている今、である。が、葉子は大介の胸に、誰かが住んでいるような影を感じる時が、しばしば……。

喫茶店を出た二人に、白い花の先をピンクで染めた花水木が、やさしく春の風に吹かれて、可憐にそよいでいた。愛美と葉子はだまって歩いた。

「もう、離れない」

どちらからともなく、口から洩れた。葉子は、誰にも大介を渡さない。私だけのものに……と。愛美には、まだ迷いがあった。だが、譲二からの連絡を待っていた。

緑葉の候、愛美は譲二の家を訪ねて行った。川の流れる家並みの、ごみごみしている細い路地の奥に、見慣れた譲二のランニングとトランクスが干してあった。愛美は胸に熱いものがこみあげてきた。路地から出てきた人影に気づき、愛美は走り去った。

愛美は譲二の店の閉店まで、観音橋のたもとで待った。が、待ち疲れ、待ちきれず、いつの間にか店の前に来ていたが、シャッターが下りていた。店の中から、男と女のかん高い声がする。声の主は、譲二と店の女の子のものらしい。

とぎれとぎれに聞こえてくる話の内容は、どうやら愛美のことのようであった。

愛美は、とまどいと怒りが、腹の底から胸までこみあげてきた。

やがて、店の女の子、英子が、きゃっきゃっとはしゃぎながら、あとから、譲二が出て来た。愛美には、気がつかない。譲二は振り向いたとたん、愛美の姿を見て、どきっとした。

「愛美、いつから来ていたんだ」

この心の中が、どんなものか……言葉にならなかった。

「送ろうか」

車の中は、冷えきっていた。

愛美は「バカにしないで！」と心の中で叫んでいた。が、何も言えない。だめだ、弱いんだから……譲二を失いたくない気持ちが七分、あとの三分は、心を乱され、受けた屈辱《くつじょく》からくるやり場のない怒りだった。

家の前に着くと、愛美は黙って車を降りて二、三歩歩くと、振り返った。譲二は「またな」と、悪びれた様子もなく、手を振って立ち去った。

人間性の薄っぺらな、くせのある譲二とはわかっていた。こんなことは、予期していないわけではない愛美だった。強引で、つるつると出てくる言葉の軽さ、どこか不良っぽくて、それでいて仕事には真剣である。こんな男に、日々、愛美は惹かれていったのである。

愛美は、聖書に近い内容の、愛を綴った詩集に感動したものだが、今こうして不実な恋人に憤りを感じる自分がみじめであった。明日は早くから仕事である。何が何でも、眠らなくてはならない。愛美はお腹いっぱいふかしてあったいもを食べた。ふとんに入っても、寝つかれない。

「どうぞ神様、明日の朝までぐっすり眠らせて下さい」

それればかりをくり返し、くり返し祈った。疲れてそのうち寝てしまい、目覚まし時計が鳴るまで、ぐっすり寝入っていた。

玄関先の垣根越しに、赤い株、オレンジの株、ピンクの株のバラの花びらが、朝露に濡れている。花びらについた水滴が、まるで小粒の真珠のようにみずみずしく、葉子は目を奪われた。まだ、バラたちは七分咲き。ふと、葉子は詩集の一節を思い浮かべた。

わらべは言った「お前を折るよ、野に咲く
　小ばら」

小ばらは言った「私は刺します
　いつも、私を忘れぬように。
　めったに、折られぬ私です」
（野の小ばら／ゲーテ・新潮社）

私は、大介さんに、もう折られてしまった。いつも私を忘れぬように。そうだ、いつも私を忘れないために……何かを、ちくりと。

葉子のあわただしい朝が始まった。いつものように銀行へ。途中、淀屋橋駅で定期を買い、ふと喫茶店の中をのぞいた。

葉子の目に入ったのは、大介と見知らぬ女性の姿だった。何やら真剣に話をしていた。この時間に会っているのだから、よほど緊急な用だと察した。とても気になる女性である。年のころは、二十五歳もしくは二十六歳くらい。後ろ向きなので、顔は見えない。ベージュのアンサンブル、細身である。

葉子は、何か見てはいけないものを見たかのような気持ちになり、急いで職場へ戻った。それでも大介と同じ建物の中にいるだけでも、安心感と温かさがある。葉子は、大介に対して、いつも変わらぬ愛を持っていた。

そんなある日、大介が、足早にビルをかけぬけて行くのを見た。葉子は、おだやかならぬ胸騒ぎを覚えた。

大介には三年越しでつき合っていた恋人、理恵がいた。理恵は、近ごろ大介の自分に対する態度に、以前のような情熱と誠実さを見失っていた。満たされない気持ちで、つい大介の携帯にプッシュする。必要以上に大介に迫る、今日このごろである。

大介は、「葉子か理恵か、どちらをとれば……」と、自分に問うてみるが、結論はいつも、二人とも別れられないということになるのだった。それは、葉子にも、理恵にも、別れがたい魅力と責任である。

春一番に迎えられ、愛美と譲二は肩を組んで、萱島の川ぞいを歩いた。譲二はいつになくやさしく、はずんでいた。愛美も連鎖反応か、うきうきして、二人はルンルンだった。

譲二の部屋の前で、胸騒ぎがした。扉の中は、愛美の想像を絶するものであった。さっそく、空カン、ペットボトル、などなどと区分けをし、用意してあったゴミ袋に分けた。分別したゴミは、家に持って帰ることにした。

ここに置いて帰ると、次回来た時までそのまま置いてあるのは、間違いなしだ。山のようなタバコの吸いがら、愛美は本腰を入れて掃除にかかった。見る見る間に、ほこりひとつない、きれいな部屋に変わった。こうして見ると、そんなに住みにくい部屋ではないような気がした。

「気持ちがよくなったなー」

譲二は、愛美の手ぎわのよさに惹かれた。ステレオから、甘く静かな映画音楽、『慕情』が流れ始めた。譲二と愛美は、甘い愛のまなざしで見つめ合い、どちらからともなく求め合った。窓から光がさっーと射し込み、光はきらきらと二人を包んだ。今の譲二の瞳には、愛美のほかは誰も映っていない。

だが、愛美は英子のことが脳裏を過《よぎ》った。ひと言「おまえが好きだ、おまえのほかには誰もいない」と言ってくれれば、心はおだやかに、身は軽くなるものを。しかし、せっかくのこの甘いムードを壊してはいけないと、愛美は押しだまる。

車いっぱいにゴミを積み、車から降りる時、譲二は部屋の鍵を渡しながら、「時々、部屋に来てくれ」と手をにぎる。なれなれしいそのしぐさが、愛美にはうれしく、また、一抹の不安でもある。

持ちきれないほどのゴミを抱えて帰ってきた愛美に、美佐子は思わず、「あっ」と声をあげた。

「愛美」

「うん」

「愛美、信じているよ」

美佐子の胸は、驚きと一瞬過る不安と、いたわりと怒りなどの複雑な気持ちでいっぱいになり、動揺を隠し切れない。夕食時、母の浮かぬ様子に、康介はモーニング娘十三人が、ゆかた姿で写っている直径三十センチ以上はあるであろう、大きなうちわを持ち出し、「あー父さん、母さん」と踊り出し、座の空気を和らげた。

一平と美佐子は、夜遅くまで語り合った。美佐子は多少の胸のつかえはおりたが、心痛が増えたようである。二人の出した結論は、愛美をつき詰めず、成り行きを見守ることにした。されど、監視の目は、きびしくなることだろう。

数日後、愛美は分別したゴミの袋の上にひと目でわかるように、ゴミの収集曜日を、月、水、木、金、と大きくマジックで紙に書いて貼りつけ、譲二の部屋の入口に並べた。帰りに、大手スーパーへ行き、小さな花瓶を買った。もちろん、譲二の部屋に花を一輪飾るためである。愛美は、譲二が花の美しさに喜び、愛美の買ってきた小さな花瓶に気づいてくれることを相像すると、胸はふくらみ、豊かな気持ちになった。

次の水曜日、休日をとって、昼、譲二の部屋に行った。仕事が休みのはずの譲二は、いなかった。いつものように掃除をし、カーテンを取りかえることにした。用意してきたメジャーで丈を長めに計った。帰宅する途中に大手スーパーに立ち寄り、カーテンを選んでみたが、レースはきれいだけど汚れが目立つし、なるべく明るい色をと思ったり、結局、モカ茶の生地を買い、愛美自身が縫うことにした。タックを入れ、しつけをつけて、ていねいに仕上げていった。愛美の心は、満たされていた。

美佐子は、夜遅くまでミシンをかけている愛美の姿に、譲二への愛の深さと純真さに胸にこみあげてくるものを感じた。

一平は、譲二の働いている洋品店の中をそっとのぞいてみた。店内には、衣類が所狭しとひしめいている。譲二らしき男を見つけた瞬間、身体中の血が引いていった。「うむー」と、その時、横から鶏のとさかみたいな髪型の毛の赤い女の子が、指を自分の唇に当て、その指を譲二の口もとにつけた。きゃっきゃっと、はしゃいでいる。

「……なんじゃ、あれはー」

近ごろの風習か、それとも深い仲か？

「さてー」

いずれにしても　いかん……。

休日の午後、一平は美佐子を誘って、散歩に出た。団地の一階には、白く咲く花、ピンクに咲く花、赤く咲く花……。元気のいい、若いつつじが咲き乱れ、思わず一輪を指に当て、うっとりとながめる美佐子である。日ごろは、「きれいやなー」としか感じなかったものに、今日は「美しい」と心を奪われる。疲れのせいでもあろう。美佐子は、散歩のわけを察していた。

一平は、譲二という男の格好やなりは取り上げないが、軽薄さを感じさせることや、店の店員、英子との様子の一部始終を語った。先のなりゆきが見えている。愛美と話をするや否や……両親はこの恋を認められない。愛美が目を覚ますままで、待っている猶予はない。この事態をどう愛美に諭せばいいか、いい知恵がないものか。この課題は後日、また話し合うことにした。

「抹茶でも、飲んで帰ろうか」

「そうですね、いただきましょうか」

店の沿道には、人々を唱賛《しょうさん》するかのように、さくらの花は咲きほこり、ピンクの花びらで、あたり一面が敷きつめられている。今の愛美の両親には、ささやかな、なぐさめである。


夜のとばりに包まれた花の季節、中ノ島公園は、さまざまな男女のペアが、恋を競うかのように、手を取り合い、語り合い、微笑み合い、熱い恋歌が熱している。大介は葉子のしっかりとした絹糸のような髪をなでながら、この不況の中を生きぬく元気な会社作りと野心とを、熱い情熱と精神で語った。

葉子の胸中は、はげしい感動が渦巻いて、私はこの人と結婚したい、彼のほかには誰もいないと、密かに思った。大介は、葉子には、賢く清らかな女性でいてほしいと望んだ。

「子どもは三人ほしいな、元気な男の子二人、かわいい女の子ひとり」

という大介の言葉に、「これはもしかして、私に愛の女神が微笑んだかも……」と葉子は思った。

「共働きをして、庭の広い小さな家がほしいけれど……子どもはいい子に育ってほしいし、無理かな、共働きは……」

「それは、その女性と環境にもよるわよね。できないことはないわ」

葉子は、何度も喫茶店で大介と一緒にいた理恵のことをたずねようと思ったが、今の、このいいムード、幸せが壊れないだろうかと、口に出すことがこわかった。これだけはどうしても確かめなくてはと、キッと胸に力を入れた。

「大介さん、私、あなたが女性といるのを見てしまったの。あの女性は？」

葉子の唇は、かすかにふるえていた。大介の顔を見る勇気はなく、川の水の一点を見つめている。

「彼女は高校時代からのつき合いで、十年来のつき合いだ」

と大介の目はうつろだった。彼女は、身体の弱いお母さんの手伝いをして、家事をしている。年末など、時々アルバイトをしていたらしい。

葉子は彼女を「愛していた」と一言、大介から聞きたかったが、その一言の返事は、これからの葉子の心を、曇らせるものかもしれないと思って、自重した。

「葉子ちゃん、君の働く姿はすてきだ。物の見方、考え方も温厚で……何よりも、もう君がそばにいなくては、むなしいんだ。君がそばにいると、世界と景色が、生き生きとしてくるんだ。愛している。君と、温かい家庭を作りたい」

葉子は、しばらく言葉が出なかった。

「ありがとう、私も大介さんを愛しています」

大介と葉子の影は外灯に照らされて、ひとつに……。

それから後《のち》、大介と葉子のデートは夢の愛の園。話はつきなかった。結婚は、ジューンブライド、六月の花嫁を夢に見ていた葉子であるが、天高く、ブルースカイの秋ということになった。大介が葉子の両親に結婚の承諾を得に行くプレッシャーを、葉子はやさしく包んだ。二人は充実した日々の中、気軽なたわむれを楽しむ余裕も、持ち合わせていた。まさに人生のクライマックスと言える時を、大介と葉子は満たしていた。


夕食の仕度を手伝っている愛美は、譲二のことは、ひと言も口に出さないが、動揺を隠して冷静を装っていることを、美佐子は感じていた。

「愛美ちゃん、彼の名前は……何という人なの」

「浜田譲二」

「好きなの、その、譲二って人」

愛美は軽くうなずいた。

「私は、今の愛美ちゃんの恋は、はしかのようなものだと思うけどな。似たもの夫婦と言ってね、今に、愛美ちゃんにお似合いの人が現れるわよ」

「お母さん、何でそんなことわかるの」

「そりゃ、お母さんだって、通ってきた道だもの。だいたいの察しはつくわよ」

美佐子は今日はこのくらいにしておこうと、機転をきかせ手早く野菜いための盛りつけにかかり、話題を変えた。愛美は、自分の心の中が、どんな思いなのかを、見透かされたような気がした。

譲二が、いけない人だということは、初めからわかっていた。だのに、譲二がいないと、空虚なものを感じる。譲二を愛しているかと、愛美は自分に問うた。いや、愛されたい。なにゆえに、こんなにも愛されたいのか、愛美にもわからない。それは、肌と肌を合わせ、越えてはならぬものを越えたからであろう。

何かわからない。だのになぜ譲二にここまで惹かれるのか、愛の言葉ひとつ受けていない。愛美はただひたすらに尽し、捧げるだけである。そして、愛美の心はいつも満たされない。頼りない関係である。

愛美は不安に胸をしめつけられた日々の中にも、春風に誘われて、自転車を走らせ、市駅の方へ行った。

「愛美ちゃん『週刊女性』新しいの、出たよ」

声の主は、角のひばり屋書店の主人である。

「さっ、さっ」と『週刊女性』を渡しながら、

「よーく見まわしてごらん、愛美ちゃんにお似合いのいい子、いるよ。ほら、あそこ。ベージュにエンジの一本縞のセーターに、ジーパンをはいた男の子。おぼこく見えるけど、愛美ちゃんより、二つ三つ年上だろう。大手電機メーカーの工場に勤めている、真面目な子だよ」

「あんなヤンキー野郎より、ずっといい」

と吐きすてるように、ひとり言をいった。

「智之君」

愛美の手をとり、腰をかがめて、若者のところへ行った。

愛美は智之の顔を見るなり、「何と、すがすがしい」と思ったのが第一印象だった。

「おれ、池田智之」

と、にこっと笑った。白い歯が、さわやかだった。

「私、河合愛美」

愛美は、智之の視線がまぶしくて、身体中が熱くなってきた。愛美は、はずかしさをかくすように、そばにあった「ねこの写真集」を手に取って、

「かわいい。これ、チンチラね」

と智之に見せた。智之も、写真集をのぞきこみ、

「かわいい。舌出して……」

二人で「かわいい」「かわいい」と、ページをめくっていった。

「君、愛美ちゃん、ここの店、よく来るの？」

「ここでは、詩集とか、雑誌をよく買うの」

「おれ、今、『三国志』探しているんだ。歴史ものが好きなんだ。『義経記』を読んだのがきっかけで、鎌倉時代から平成まで上ると、今度は遡《さかのぼ》り、古代へ行き着いたんだ。ひととおり時代の流れがわかってくると、奥が深くなってきたよ」

「私もよ。静御前を知ってから、義経、北条政子、源頼朝と、どんどん世界が広がっていったわ」

「そんなものだね。好きになるというのは、ちょっとしたきっかけが、始まりなんだよね」

話に夢中になった智之と愛美は、本屋の主人にあいさつも忘れ、何かに惹かれるように語り合い、微笑みながら店を出ていった。本屋の主人は自分のことのように、うれしそうに後ろ姿を見送った。

二人はフライドチキンを食べながら、コーラを飲んだ。寝屋川生まれの、寝屋川育ちの若い二人は、市駅のバラの花のように話に花が咲いた。智之は、ふっと何かを思い出したように息をのむ、愛美のしぐさを見のがさなかった。二人は再会を約束し、店を出た。

一週間、十日、譲二からは、何の連絡もなかった。愛美の胸中は、きっぱり譲二と別れを告げていた。

久々、葉子から電話があった。葉子の声は満たされた、落ちついた声だった。葉子の結婚に、愛美はやわらかな風が吹いてくる思いだった。愛美も智之との出会いを話した。葉子は、喜んでくれた。よかった、よかったと……。

バラの季節は過ぎ、緑萌える初夏、智之と愛美は、もみじの春緑が萌える箕面へとやって来た。愛美は朝早く起き、得意の巻き寿司といなり寿司をメインに、白ねぎに牛肉を巻いて焼いたのだとか、色めもきれいに工夫をして、愛情弁当を作り上げた。

○寿司飯は、洗米におちょこ一杯くらいの分量の清酒と、二センチ角くらいの出しこぶを入れて炊く。

○合わせ酢は、米四カップに対し、酢大さじ六、砂糖大さじ三〜四、塩大さじ一強の割合。

智之が無邪気に舌鼓を打って食べたのは、言うまでもない。この時以来、智之は、愛美との結婚を真剣に考え始めた。

あいにく猿のお出ましが悪く、七、八匹しか目にしなかった。が、おもしろい光景を見た。雄猿が木の蔓《つる》につかまって、ひゅっーと雌猿のいる岩へと渡っていき、あたりをきょろきょろと見まわした。智之と愛美は、お腹の底から笑いころげた。

箕面の滝まであと十五分くらい。二人は歩き始めた。

「この坂道は、昔は馬車が通っていたんだって。中年のカップルがお互い、コチコチになって並んで座って、滝まで行っていた光景を、母さんが話してくれたわ」

「ここは、馬車があったらいいね。近ごろでは、車でドライブウエーまであがるからね」

滝をながめ、智之は「うん、うん」と何やら、納得したように見入っていた。

愛美は、黙って滝を見ていた。

「駅の近くで、お茶でも飲もうか。今度は下り坂だ」

智之は愛美の肩にそっと触れ、愛美の少しの微笑みに、しっかりと肩を抱いた。愛美は、そっと智之の細い腰に手をまわし、智之の顔を、そっと仰いだ。朝の露を浴びた、八分咲きの朝顔の花のような愛美だった。

二人は黙って、ゆっくりと坂道を下りた。ゆっくり、ゆっくり。ぽつりと一軒、縁の館とでも名づけようか、二人の憩の園が目の前に、金色の光に包まれ輝いて見えた。引かれるように、二人はその館へと。愛美は扉の前で、一瞬はっと立ち止まった。智之は、うっとりと愛美の顔を見た。愛美は胸の鼓動を押さえ、遠慮がちに微笑んだ。

部屋の中に入ると、智之は風呂のお湯の栓をひねり、愛美に、にこっと照れくさそうに笑った。二人の胸の高鳴りは……二人の血は燃えあがった。抱きつつ、抱かれつつ。愛美の胸とふくよかな顔のふるえは、だまって拒まない。二人は肌の温かさを感じ合って、固く結ばれた。

白の丸いテーブルの上に、智之はビールを、愛美はコーラをコップに入れて置き、だまって座っていた。愛し合う若い二人には、言葉はいらなかった。智之が先に、愛美はあとからお湯につかり、いつのまにか、愛美は智之の膝の上に座り、首に手をまわして、きゃっきゃっと、はしゃぎ出した。二人は歌を歌い始めた。愛美は歌は、あまり得意じゃないが、智之はよく曲を知っている。風呂場の中では、声が響き渡り、とても上手に聞こえる。

大介は仕事の面でも充実し、これから家族を養ってゆく大黒柱としての自覚が、第三者の眼からも、うかがわれた。葉子は多忙の中で結婚の準備に追われる日々だ。香里園の中流ホテルで、ごく普通の地味婚にすることに決まった。

大介と葉子は、デパートへエンゲージリングを買いに行った。大介は葉子のを、葉子は大介のを、プラチナの指輪を注文した。当然大介の方が指が太い分だけ、葉子の方が高くついたのは、言うまでもない。

結納も無事終わり、父、洋二と母、順子は、喜びと一抹の寂しさと、無事ここまで葉子を育ててきた充実感を、言葉少なげに味わっていた。

「母さんは、えんじの色の打掛けだったなー、かわいかったよ」

「お父さんは紋付、袴でコチコチになってらした」

「そんな時もあったなー」

「葉子はウエディングドレスが白だから、打掛けは赤い方が華やかでよかったんじゃないかしら、白無垢もいいけれど……」

「白無垢も、きりっとして、葉子らしくていいじゃないか」

「啓子の時は、ウエディングドレスがピンクじゃないかしら」

二人は笑いころげた。


智之と愛美は団地の外れにあるカラオケYへ、手を取り合って行った。

「こんなところで、手をつないでいいのか」

「うん、いいの」

ソファーに座り、智之は緊張した手つきで、愛美がビールを手にするより先に自分のコップにビールをついで、ぐいっーと飲み干した。マイクを持ち、まだ智之の生まれていないころの古い「愛の渚」を歌い始めた。

もしも、お前が貝になったら
おれは渚の波になろう
二人の愛よ、いつまでも
アーアーいつまでも

智之は、愛美の目をじっと見つめ、

「おれの気持ちだ」

と言った。その声は力強かった。愛美はプロポーズだということは、気がついていたが、言葉が出なかった。

「私、私、うれしい」

智之は、ポロポロと涙をこぼす愛美を、しっかり抱きしめた。二人は未来の夢を語り合い、時には流行歌《はやりうた》を歌い、楽しい楽しい、ひとときを過ごした。最後にお腹いっぱい焼肉を食べて、店を出た。

河合家の食卓。愛美は、いつ切り出そうかと、時を待っていた。

と、康介がいきなり、

「姉ちゃん、今日はうれしそうやな。いつもより、きれいに見えるよ」

「うん、今日、智之さんにプロポーズされたの」

一瞬、皆は、「はあっ」と、ポカンとした。

愛美は、智之とのなれそめから、経過、そして今日のプロポーズまでを話した。愛美たちは共働きをするつもりである。今のスーパーで、現状通り六時間働くという。庭のあるマイホームが、二人の夢だそうだ。子育てもしなくてはならないので、節約して車は買わないことにした。

父、一平は、

「なかなか、好青年ではないか」

母、美佐子は、

「電機会社に勤めている人なら、生活は安定しているし、なかなか誠実そうな人だし、若者らしい方みたいだね。よかったね、愛美」

両親の答えはＯＫである。康介は、うれしそうにかけて行った。


愛美はスーパーで仕事帰りに買物して帰宅し、夕飯の仕度をしていると、葉子が包みを抱えてやって来た。これからは、バッグの大きめのがいるからと、ポケットがたくさんついている軽い牡丹色のバッグを、お祝いにと持って来た。

愛美の恋のゆくえを心配していただけに、葉子の喜びは大きかった。

　葉子も忙しい毎日を過ごしている、七月いっぱいで退社する予定だ。少しやせてきてはいるが、輝いている。大介と葉子は、現在七分どおりでき上がっている新築のマイホームで、新婚生活をスタートさせる。窓の大きい、明るい家である。

　智之と愛美は、形式だけの結納をかわし、両家の顔合せをした。今では、智之の父と愛美の父、一平はすっかり意気投合して、焼き鳥で一杯、休みの日には将棋など、いいつれあいである。美佐子は、愛美の家庭の行きとどかないところを手伝ったり、家内安全を考えて、仕事を辞めることにした。

　クリーニング屋の受付の後任は、家から近いし、葉子がしてくれたらと、美佐子は内心考えている。葉子のお産や休みの時には、自分がパートで手伝いながら働こうかと考えている。こうはうまくいかないものかと、やきもきしたりもする。ともあれ、葉子が落ちつくまでと思ってみたり、早く耳に入れておいた方がと思ってみたり。

街がすっかり秋に包まれた季節、小さな教会で、大介と葉子は愛を誓い合った。ウエディングドレス姿の葉子は満面に笑みをたたえ、まるで西洋の映画を見るようだった。愛美は、感激で涙、涙。披露宴の席上、智之と愛美は、何度も顔を見合わせ、微笑んだ。白い打掛けを身に着けた葉子は、まるで白い雪の妖精が、舞い降りたようだ。弟、裕太が、いつもに似つかわしくなく、緊張した面持ちで、おとなしく、かしこまっているのが印象的だ。

新婚旅行は、ゆっくりと休養を兼ねて、新幹線で三島まで出て、伊豆の温泉に向かった。趣の異なる湯処、十一の天然温泉につかり、山里料理に舌鼓を打ち、静かな田舎の野の草花を探しに出かけ、三日間を過ごした。

愛美たちは、結婚式は冬を越し、春にということになった。さっそく、市駅のひばり屋書店のおじさんに、結婚の報告に行った。結婚式には、ぜひ出席していただきたいと……。

「いや、そういう高い席には……。その気持ちだけで、充分だよ。何よりも、智之君と愛美ちゃんが結婚することになったのがうれしい。結婚の時の写真を、一枚もらえるかね。おばさんも喜ぶよ」

三人の胸は、今日のブルースカイのようにさわやかだった。

M団地のバス通りに葉っぱの間と間に、今が盛りとばかりに橙《だいだい》が下がっている。樹木の青々とした葉と黄色い実のコントラストが、なんとも風流である。

智之と愛美は一戸建ての家々を参考にするのに散歩へ出かけた。途中N団地にも橙の実を見つけた。都会の中に田舎の風情を見た。さらに団地を抜け、住宅街へさしかかった。一戸建ての庭の樹木に、やはり黄色い実がなっているではないか。よく見ると、目の前に現れたのは、見事なレモンである。レモンが、鈴なりにぶら下がっている。

「レモンの木なんて、初めて見るなー」

「あっ、こっちのお宅にも、レモンが」

と、その時、十字路からバイクが突進して来た。智之は、反射的に愛美をかばい、まともにバイクとぶつかった。愛美は声も出なく、茫然と、立ちつくしていた。

智之は足の骨折、指の骨折で、全治二ヶ月と診断された。愛美は長期休暇をとり、朝から病院に消灯まで智之といた。回復も早く、愛美と智之はいつも新たな愛の火で、あらゆる苦悩を乗り越えている。思わぬ出費に、二人は「ここをこうして、ここをけずって」と、計画を立て直しているうち、智之の父と愛美の父、一平が、揃って見舞に来た。

「この金は、お父さんたちのポケットマネーだ。何かの足しにしてくれ」

と、茶封筒を置いて行った。帰りに、屋台で一杯やっていくという。智之の母は一週間、毎日、石切神社まで行き、お百度参りを続けた。智之の母と美佐子は、手料理を持参で見舞に来る。大介と葉子もかけつけた。

「智之君、二十六歳の後厄じゃなかったかな。命に別状がなくてよかった。これで、厄は払うた。めでたしや」

と大介。そんな中で、ひとり、ルンルン気分の者がいる。康介は、「兄ちゃん、兄ちゃん」と毎日やって来る。時には愛美に、おつかいを頼んで外出させ、智之に何やら問うている。

退院の日が近づいてきた。いつも愛美の笑みはやさしく、その手はやわらかだった。

「愛美、庭にレモンの木を植えよう」

「レモン汁とはちみつをお湯で割って、ホットレモンにして、毎日飲めるのね。炭酸で割ると、レモンスカッシュ」

「おれもビールをやめて、レモンスカッシュにしよう。あれだけの実をつけるには、肥料や手入れがいるだろうなー」

退院の朝、愛らしき朝風を受けて、智之一行は家路へ。智之と愛美は、二ヶ月間の遅れを取り戻すかのように、めまぐるしく、忙しかった。新居が完成し、家具も納まった。智之と愛美の、かけがえのない生活の場所である。

愛美も葉子も、莫大な借金という、大きなお荷物をしょってのスタートである。若さと、健康と、無事を信じて……。

六月の大安吉日。朝は、さわやかに光を放ち、団地の木々で小鳥たちが、ちゅっちゅっと歌う。

愛美も葉子と同じ、香里園のチャペルのある中流ホテル式場へと向かった。

エンゲージリングの交換。智之から愛美の左手の薬指に、リングがはめられた。愛美は、人生の満開の時を迎え、その頬は、ういういしくピンク色にそまった。愛美は、白のシンプルなウエディングドレスと、白に金銀の鶴、緑の松や、あでやかな赤を織りなされた豪華な打掛けで披露した。

池田家の面々は、息子、最愛の花嫁を迎える喜びに浮いていた。二人は九州へ新婚旅行に行く。フェリーで一晩過ごし、翌朝、別府に到着した。

別府八ヶ所の地獄めぐり、宮崎日南、海を見下ろすサボテンの楽園。長崎港を見下ろす丘の上、グラバー邸のお蝶夫人の悲劇に終わった恋に心を痛める愛美に、やさしい視線を注ぎかける智之。花香る街ハウステンボスの美しいチューリップ畑とシンボルタワーのドムトールンの調和が絵になるような風景である。あでやかな花々が彩る、まるでヨーロッパの街並みを思わせるハウステンボスであった。

最終の日、日本庭園、美容に効果のある弱アルカリ性泉の露天風呂でゆっくりくつろぎ、大阪への帰郷だった。さあ、これからは、毎日が愛に満ちた、新しい可能性に向かって進む。

ボタンは取れていないか、シミのチェック洩れはないか。葉子はクリーニング屋の仕事にも、だいぶ慣れてきた。

葉子は、お腹に新しい生命を宿した。つわりはきつく、胃が痛む。それでも、笑顔で接客サービスに励んだ。母としての、先輩のアドバイスをよく受けながら、家事と仕事の両立に頑張った。

時には今日は休みたい。愛美ちゃんのお母さんに頼もうかしらと、つい思うことがある。いや、いけない。甘えてはいけない。これくらいのことと、店へ行く。陽がかげり、日没を迎えると、肩の荷が下りたような気持ちで家に着く。しばらく横になるのが習慣になっている。短い時間、ぐっすり熟睡している。

お腹の子どもが動くたびに、母としての自覚と喜びがわいてきた。大介の帰宅は早かったり、遅かったりと、まばらだ。職場の近い智之は、バイクでほぼ時間どおりに、帰宅する。

やがて葉子は、赤い玉のような女児を産んだ。生まれた時に赤い子は、色の白い子になると、おじいちゃん、おばあちゃんは喜んだ。人生を、香るように美しく織りなすようにと、香織《かおり》と名づけた。やがて六ヶ月になった香織は、保育所へ。毎日、元気よく通っている。

愛美も、追っかけ妊娠三ヶ月である。スーパーは冷える。足もとを暖かくし、毛糸の腹巻きで、お腹を保護し、大事をとった。愛美は、よく食べた。便秘になやまされ、食べ物には、充分気をつけた。夏の盛りの灼熱の太陽が輝いているもと、元気で大きな男の子が生まれた。慶太郎《けいたろう》と名づけられた。

近ごろ大介が、毎日、午前様である。朝七時には家を出て、会社へ行く。葉子は明日のことがあるので、先に寝る。出勤前に、小言や突き詰めた話は避け、心の激《げき》は、葉子ひとりの胸の中に包み隠されている。

久々に、大介がまだ陽の落ちぬ夕方に帰ってきた。葉子に話したいことがあるという。大介は早めの夕食をすませ、ソファーに葉子と二人で座り、タバコに火をつけた。

大介は男のロマンを語り始めた。大介は、事業をやりたいという。もちろん軌道にのるまでは、今の会社に勤めるという。ペットが家族同様に生活している今日このごろ、動物の衣類を作り、販売したいと葉子の細い肩に手をかけて、顔をのぞきこんだ。いくらペットブームとはいえ、今は、不況の風が吹き荒れている世の中。家のローンも、どっしりと肩にかかっている。もし、失敗でもしたらと、葉子は胸騒ぎを覚えた。

「あなたと私と二人でこつこつ働いて、家のローンを返して、子どもを三人産んで、いい子たちに育てて、健康であれば、それでいいじゃないの」

透明な秋風が渡り、庭のコスモスの花が揺れている。今月も、生活費を切り詰めた分だけ、わずかであるが、銀行へ貯金をしに行った。百万円近くあった通帳の残高が、ほとんどなくなっているではないか。今日も大介は、まだ帰らない。不安な長い夜であった。葉子は昼間の疲れもあってか、うとうとしていた。

大介は青いたそがれと濃いめの水割りと混乱した、夜に沈むのを感じた。ガラスに映った、自分の色あせた姿を見る。その大介の後ろ姿には、男のロマンが立ちどまっている。人まかせだった商品の開拓、デザイナーの商品に対するセンス。販売規模の小ささなど、無理な点が多く、これ以上の無理は危険だと察したと、葉子に事情を話した。会社から一千万円借りた。毎月五万ずつ給料から返済すると、力なく言った。

葉子は心重く、憤《いきどお》りを感じた。しばらく自問自答の日々が続いた。

冬の空が朝から珍しく晴れあがっていた。葉子は手のひらを開いて、じっと見ていた。大介が不倫をして、家を出て行ったわけでもない。命を縮めたわけでもない。この手のひらを人生としてみれば、小指の先くらいのできごとであると思った。

智之はたいへんな子煩悩《こぼんのう》である。慶太郎の相手をしていない時は、庭の草いじりをして、毎日、まるで判をついたような生活である。池田家の庭に、今年は見事なレモンが実った。愛美は、葉子におすそわけにと、チョチ、チョチ、歩く慶太郎の手を引いて、雪道を歩いた。慶太郎の長ぐつの小さな足跡が、かわいい。

香織は、お姉ちゃん気分。慶太郎の手を引き、雪を空《くう》へぱっとはね上げたり、尻餅をついたり、幼い子どもたちは、遠い日の愛美と葉子の夢。

「あと二人、子どもをさずけてもらおう」

「うん、あと二人産む」

「借金なんかに、負けないぞ」

「負けないぞ」

愛美と葉子は、雪の上をしっかりと踏みしめて歩いた。

葉子は、雪空を仰ぎ見て、大介に言いました。

「あなた、とりあえず、五年間の生活設計を立てましょう」

大介と葉子は話し合い、話を煮つめ、もちろん、ゆとりも大事なことだ。綿密に計算し、計画し、気持ちの整理をした。若いお父さん、お母さんには、それは苦労ではなかった。

「お父さんが丈夫で元気だから、心強いわ」

と葉子。

大介は、ちらりと照れ笑いをした。

愛美の家の庭に、今年も濃紫、青の小さな花弁が寄り添い、丸く咲きほこったあじさいが、咲いた。慶太郎は「オー、オー」とあじさいの花を指さし、手をたたいて喜んだ。「来年あじさいが咲くころには、女の子を抱いて」と、どちらからともなく、愛美たち夫婦は、目と目で語った。

あのウエディングベルが鳴った日から、智之と愛美は、幸福《しあわせ》を約束した。忙しい中にも大きなアクシデントもなく、健康のもと平凡に過ぎゆく日が、幸福そのものであろう。露に濡れ、輝く春。花の咲く日が、待ちどおしい智之と愛美である。愛美は、病院で妊娠四ヶ月と診断された。ゆったりと落ちついた愛美である。

香織に絵本を見せ、寝かしつけた。すやすやと、やすらかに眠る香織。今日の葉子は、念の入った入浴であった。ベッドに入り、葉子は大介に、男の子がほしいとねだった。大介のからだの動きに忠実に応え、間もなく葉子も妊娠の兆しが見えてきた。

葉子の家に、赤飯とうなぎを持って、いそいそとおじいちゃんとおばあちゃんが揃って、お祝いに来た。

「まだ、生まれたわけではないのに」

「今度は、男の子だろう」

「病院へ行ってみなければ、まだ、はっきりとはしていないのよ。元気であれば、どちらでもいい」

「そうだね」

と、一同気の抜けた様子で、笑った。

香織と慶太郎の運動会の日、愛美と葉子の家族は一緒に陣をとり、両家のおじいちゃん、おばあちゃん、智之の両親とも、大陣営である。秋の澄みきった空気の中、対角線に張られた三角形の旗が、風に吹かれて躍っている。

慶太郎たちは、「トントン、前、トントン、肩」とかけ声をかけて整列。一本の綱を左手に持って行進する。やっと歩き始めた、ひよこ組さんたちが、運動場一周の行進を始めた。正面マイクでは、父兄たちに「ひよこ組さんたちが通り過ぎる時には、盛大な拍手をお願いします」と呼びかけている。

香織は、葉子の手作りのうさぎちゃんをかぶり、お遊戯を披露した。愛美も、「女の子も産まなくっちゃ」と闘志をわかせた。大介はカメラを、智之はビデオを構えて、走りまわっている。

さて、恒例の父兄の競技である。大介は、大股でゆうゆうと走り抜けた。智之は、障害物競走に出た。わけなく平均台を渡り、網をくぐって通り抜けることの速いこと、速いこと。スリムな智之は、身軽である。

秋も深まり、保育所での生活発表会が近づいてきた。父兄も作品を出品しなくてはならない。テーマは、お人形である。日曜日、愛美と葉子は一緒に作ることにした。今日のその日は子守りと料理は、大介と智之が分担することになった。愛美と葉子は、人形作りを楽しみながら、久しぶりに娘にかえった。

人形もでき上がり、賑やかな夕食となった。智之は焼きとりのタレを作り、慣れた手つきで、焼きとりを焼くのにいどんだ。

○焼とりのタレは、しょうゆカップ四分の一、みりんカップ四分の一、砂糖小さじ一を合わせて、三分の一に煮つめる。

大介は、

「まだ早い、早く、これ食べろ、味が落ちる」

とひとり、ひとりの器に、野菜や肉を入れてまわる。小まめに、鍋の中のあくをすくっている。慣れた手つき、まさに鍋奉行である。どこの会社にも、ひとりやふたり、鍋奉行はいるものだ。会話ははずみ、笑い声は絶えず、まさに、青木家と池田家の満開の時を迎えている。


ぼたん雪の舞う、深い雪景色が続いた冬。愛美は、くるんくるん、ぷりんぷりんの、元気のいい、女の子を産んだ。両親は、雪の深い日に生まれたのにちなみ、深雪《みゆき》と名づけた。

葉子もお腹が目立ってきたが、ポン、ポンとお腹を蹴る胎児に元気をもらって、日々奮闘している。固かった花のつぼみが、日一日とふくらんでゆく。

葉子は、おっぱいをよく飲む、大きな男の子を産んだ。待望の男児を産み、春を迎えた喜びは、まわりを明るくした。大介は五つほど名前を考え、紙を持ってそわそわ、うろうろ。会社ではいつのまにか、おやじと呼ばれるようになった。葉子の希望で、進《すすむ》という名前がついた。

大介は「よくやった」と、葉子をねぎらった。ほのかな心が包む、春の日であった。

燃えるような太陽が若々しい光を放つ夏、愛美と葉子の家族八人は、レンタカーで明石に海水浴へと出かけた。大介と智之は、それぞれのいとし子を片腕にひとりずつぶら下げて、並んでポーズを取り、カメラのレンズに納まった。香織や深雪が柔肌を傷めてはいけないと、バスタオルでおおうのは、お父さんたちの方である。光をいっぱいに浴びて、子どもたちと時がたつのも忘れ、遊びに興じる、若いお父さんたちだった。

愛美と葉子は日陰に座ったまま、ゆっくりと時を過ごしている。帰りの車の中では、女性群、子ども部がよく眠っている。大介と智之は、交替で車を運転した。前の席で男同士、話をした。めったにないことである。

順子おばあちゃん、美佐子おばあちゃん、ともによく手伝ってくれるとのことである。母親は、なるべく子どもに手をかけてやらないと……。子どもとよく会話をすること。子どもをよく見ておくこと。孫が大きくなるまで、私も頑張らなくっちゃと、おばあちゃんたちは張り切っている。

「啓子ちゃんが、よくおかず作ったの持ってきてくれるよ」

と大介。

「うちも、康介君がこまめに運んでくれるよ」

と智之。

「子どもは、三人産むと言っているだろ」

「しかたないな、愛美の夢だから」

「しかたないな、葉子の夢だから」

二人はハァーと、肩の力を抜いた。

帰ると、順子と美佐子が二人で夕飯の用意をして待っていた。おばあちゃん同士、娘の面倒を見ながら、けっこう仲よく楽しんでいる。

深雪も六ヶ月になり、保育所のぴよぴよ組の一員となった。今まで、いつも美佐子おばあちゃんと一緒だった。保育所の門を入るやいなや、言葉にならない声で「バアバ」「バアバ」と言って、泣いてぐずる。

美佐子おばあちゃんは、「もう、連れて帰ろう」と、弱気になる。愛美は「だめ、ここで深雪を連れて帰ると、いつまでも保育所に行く時、ぐずるようになるわ。ここは、心を鬼にしなくては」。

先生の手に渡ると、もうお母さんや、おばあちゃんのことは忘れて、所狭しとハイハイしてまわる深雪である。美佐子おばあちゃんは、時々そっと様子をのぞきに、保育所の門まで行く。愛美から、里心がつくから見に行かないようにと言われても、時たまのぞきに行く、美佐子おばあちゃんである。

太陽へ、空へ、空へと背伸びし、微笑みかけ、咲きほこっていたひまわりも、来年に実を残し、過ぎ去った夏。樹木の紅葉は早く、すっかり秋に包まれていった。透明な秋風が吹き、やがて初冬の空が朝から晴れあがっている日、愛美は、心地よい目覚めを感じた。

それから二ヶ月、病院の医師から「おめでたです」と告知された。土手の上に、どなたが植えたか、一面に咲いた水仙の花が愛美を祝福するかのように、見事に並んで咲いている。智之の帰りが、待ち遠しかった。今日の夕食は、五目寿司と茶わん蒸しにした。慶太郎と深雪は、「おすし、おすし」と喜ぶ。愛美は、芯にウインナーを入れ、細巻きにして、二人の手に持たせた。

智之は週末の疲れも忘れ、張り切って、夕飯のあと片づけを手伝った。母の子守歌ならぬ、父の子守歌である。慶太郎と深雪は、両親の子守歌から後に多くのことを学んだ。

愛美は、さっそく庭になったレモンを持って、葉子の家へ行った。葉子も、どうもおめでたの気配がするという。あの日、大介は「男の子だ」とはっきりと言った。葉子は、全身で喜びを表現した。その夜、香織と進に絵本の読み聞かせをする葉子の声は、美しい水晶のように澄みきっていた。

日々、現実的な生活と、取り組んでいる愛美と葉子に、冬は去り、春になり、春はめぐり、夏になり、やがて秋がやって来た。街がすっかり、秋に包まれたころ、産院で元気な産声があがった。

「オー、ずっしり」

助産婦さんは思わず、感嘆の声をあげた。五日後、ベイビーは、愛美のもとに。濃いまゆ、すっーと高く、小鼻の張った鼻、愛らしい口もと、智之によく似たベイビーである。智之が歓喜したことは、言うまでもない。

智之はいち早く、この喜びを大介に知らせた。女ならず、男の長電話である。

三人揃ったら、そろそろ留めなければならない。二人にとっては、深刻な問題である。

智之は、職場で聞いた話を持ち出した。子どもが六人も七人もできているので、これが最後にと留吉とつけたそうだ。

「そしたら」

「また、できたそうだ」

「葉子の母方が、多産系らしい。順子おばあちゃんの祖母は、十三人産んで、国から表彰されたらしい。産めよ、増やせよの時代だったからな」

「小学校のころ、父親が欣也で母親が銀子、息子が哲也、だんだん価値が下がっていっとるんやと言ってた、友だちがいたよ、いいやつだった。そうだ、哲也がいい」

「いい名前だな」

追っつけ、追っかけ、葉子のお産が近づいてきた。早めに産院へ入った。順子はお産の時は、いつも緊張した。大役を果した葉子のもとへ、香織、進の時と同じ、ベビーウエアに包まれて、「男のお子さんですよ」と助産婦さんが、にこやかに連れてきた。

順子は、気が抜けたように、ふらふらと椅子に座りこんだ。大介は、「よし、よくやった」と喜んだ。退院の日、葉子はオーラを発するかのように輝き、自信に満ちあふれていた。

その日、愛美と葉子と、智之と大介は、どの子にも、同じ愛情で育てることを誓い合った。
冬空の美しい夜だった。

愛美と葉子

2003年10月15日　初版第１刷発行

著　者　月玖 水紀
発行者　瓜谷 綱延
発行所　株式会社文芸社
〒160-0022　東京都新宿区新宿１－10－１
電話　03-5369-3060（編集）
03-5369-2299（販売）

印刷所　東洋経済印刷株式会社

ISBN4-8355-6348-4 C0093
日本音楽著作権協会(出)許諾第0309859-301号